古诗之美

诗书如画

○ 给孩子的诗画启蒙书

范路明 主编
卞 媛　黄 岑 绘

江苏凤凰科学技术出版社 · 南京

目录

江南可採蓮
蓮葉何田田
庚寅秋月畫

江　南

汉乐府

江南可①采莲，
莲叶何田田②。
鱼戏③莲叶间。
鱼戏莲叶东，
鱼戏莲叶西，
鱼戏莲叶南，
鱼戏莲叶北。

注释

① 可：适宜。
② 田田：荷叶饱满挺秀的样子。
③ 戏：嬉戏取乐。

长歌行

长歌行[①]

汉乐府

青青园中葵，朝露待日晞[②]。
阳春布[③]德泽[④]，万物生光辉。
常恐秋节至，焜黄[⑤]华[⑥]叶衰。
百川东到海，何时复西归？
少壮不努力，老大徒[⑦]伤悲！

注释

① 长歌行：汉乐府曲调名。
② 晞（xī）：晒干。
③ 布：散布，洒满。
④ 德泽：恩泽。
⑤ 焜黄：枯黄的样子，比喻色衰。
⑥ 华：同“花”。
⑦ 徒：白白地。

七步诗

［三国·魏］曹　植

煮豆持①作羹，漉豉②以为汁。
萁③在釜④下然⑤，豆在釜中泣。
本是同根生，相煎⑥何太急。

注释

① 持：用来。
② 漉豉：过滤煮熟后发酵过的豆子。
③ 萁：豆类植物脱粒后剩下的茎。
④ 釜：炊具名，相当于现在的锅。
⑤ 然：同“燃”，燃烧。
⑥ 煎：熬煮。这里指折磨。

敕勒歌

敕勒歌[1]

北朝民歌

敕勒川，阴山[2]下，
天似穹庐[3]，笼盖四野。
天苍苍[4]，野茫茫[5]，
风吹草低见[6]牛羊。

注释

① 敕勒歌：我国古代北方少数民族的一首民歌。
② 阴山：在今内蒙古自治区北部。
③ 穹庐：用毡布制成的圆顶帐篷。
④ 苍苍：深青色。
⑤ 茫茫：广远的样子。
⑥ 见：同“现”，显现。

骆宾王咏鹅诗意
庚寅秋月画

咏[1] 鹅

［唐］骆宾王

鹅，鹅，鹅，
曲项[2]向天歌。
白毛浮绿水，
红掌[3]拨[4]清波。

注释

① 咏：用诗、词来叙述或描写某一事物。
② 项：颈的后部。这里指鹅的脖子。
③ 掌：这里指鹅的脚掌。
④ 拨：划动，拨开。

過江千尺浪入竹萬竿斜
庚寅年畫

风

［唐］李　峤

解[1]落三秋[2]叶，

能开二月[3]花。

过江千尺浪，

入竹万竿斜[4]。

注释

① 解：能，能够。

② 三秋：晚秋，指农历九月。

③ 二月：早春，指农历二月。

④ 斜：倾斜。

不知细叶谁裁出
二月春风似剪刀

咏 柳

［唐］贺知章

碧玉[1]妆[2]成一[3]树高，
万条垂下绿丝绦[4]。
不知细叶谁裁出，
二月春风似剪刀。

注释

① 碧玉：绿色或暗绿色的玉。在古代文学里常用来指代年轻貌美的女子，这里形容嫩绿的柳树如同美人一样苗条婀娜。

② 妆：装饰，打扮。

③ 一：整个，全。

④ 丝绦：用丝线编织成的带子。这里形容随风飘拂的柳枝。

王之涣凉州词
庚寅年画

凉州词

［唐］王之涣

黄河远上白云间，
一片孤城万仞①山。
羌笛②何须怨杨柳③，
春风不度④玉门关⑤。

注释

① 万仞：形容很高。仞，古代的长度单位，七尺或八尺为一仞。
② 羌笛：羌族的一种乐器。
③ 杨柳：指一首叫《折杨柳》的歌曲。唐朝有折柳赠别的风俗。
④ 度：越过。
⑤ 玉门关：古关门，在今甘肃敦煌西北，是古代通往西域的要道。

登鹳雀楼

登鹳雀楼①

［唐］王之涣

白日②依③山尽④，

黄河入海流。

欲穷⑤千里目，

更上一层楼。

注释

① 鹳雀楼：又名鹳鹊楼，旧址在山西蒲州（今永济县）西南，楼高三层，前对中条山，下临黄河。传说常有鹳雀在此停留，故有此名。

② 白日：太阳。

③ 依：依傍。

④ 尽：没有了，消失。

⑤ 穷：尽，使达到极点。

夜来风雨聲
花落知多少

春 晓[1]

[唐] 孟浩然

春眠[2]不觉晓，
处处闻[3]啼鸟[4]。
夜来风雨声，
花落知多少？

注释

① 春晓：春天的早晨。晓，天明，天刚亮。

② 眠：睡觉。

③ 闻：听见。

④ 啼鸟：鸟鸣。

出塞

出塞

［唐］王昌龄

秦时明月汉时关，
万里长征人未还。
但使①龙城飞将②在，
不教③胡马④度阴山⑤。

注释

① 但使：只要。
② 龙城飞将：汉朝名将李广。这里泛指英勇善战的将领。
③ 教：令，使。
④ 胡马：指侵扰中原的北方游牧民族骑兵。
⑤ 阴山：在今内蒙古自治区中部。

从军行

从军行[①]

［唐］王昌龄

青海[②]长云[③]暗雪山，
孤城遥望玉门关。
黄沙百战穿[④]金甲，
不破楼兰[⑤]终不还。

注释

① 从军行：乐府曲名，内容多写边塞情况和战士们的生活。
② 青海：指青海湖。
③ 长云：满天的浓云。
④ 穿：磨穿。
⑤ 楼兰：汉代时西域国名，这里泛指西域地区的各部族政权。

洛陽親友如相問
一片冰心在玉壺

芙蓉楼[1]送辛渐

［唐］王昌龄

寒雨连江夜入吴[2]，
平明[3]送客楚山[4]孤。
洛阳亲友如相问，
一片冰心[5]在玉壶。

注释

① 芙蓉楼：故址在今江苏镇江西北。
② 吴：镇江在古代属于吴地。
③ 平明：天刚亮。
④ 楚山：泛指长江中下游北岸的山。长江中下游北岸在古代属于楚地范围。
⑤ 冰心：像冰一样晶莹、纯洁的心。

空山不见人
但闻人语
响返景入
深林复照
青苔上
庚寅画

鹿　柴[1]

［唐］王　维

空[2]山不见人，
但[3]闻人语响。
返景[4]入深林，
复照青苔上。

注释

① 鹿柴（zhài）：辋川的地名。这是《辋川集》二十首中的第四首。

② 空：诗中为空寂、幽静之意。

③ 但：只。

④ 返景：夕阳返照的光。景，同“影”，这里指日光。

送元二使安西

送元二[1]使[2]安西[3]

［唐］王　维

渭城[4]朝雨浥[5]轻尘，
客舍[6]青青柳色新。
劝君更尽一杯酒，
西出阳关[7]无故人。

注释

① 元二：作者的朋友。
② 使：出使。
③ 安西：指唐代安西都护府。
④ 渭城：秦时咸阳城，汉代改称渭城，在今陕西咸阳东北，位于渭水北岸。
⑤ 浥（yì）：润湿，沾湿。
⑥ 客舍：旅店。
⑦ 阳关：古关名，在今甘肃敦煌西南，是古代通往西域的要道。

遥知兄弟登高处遍插
茱萸少一人
庚寅画

九月九日[①]忆山东[②]兄弟

［唐］王　维

独在异乡为异客，
每逢佳节倍[③]思亲。
遥知兄弟登高[④]处，
遍插茱萸[⑤]少一人。

注释

① 九月九日：指农历九月初九重阳节。
② 山东：这里指华山以东。
③ 倍：格外。
④ 登高：古有重阳节登高的习俗。
⑤ 茱萸：一种香气浓郁的植物。古时重阳节人们插戴茱萸，据说可以避邪。

牀前明月光疑是地上霜舉
頭望明月低頭思故鄉

静夜思①

［唐］李　白

床前明月光，
疑②是地上霜。
举③头望明月，
低头思故乡。

注释

① 静夜思：在静静的夜晚所产生的思绪。

② 疑：怀疑，以为。

③ 举：抬起，仰起。

古朗月行

古朗月行[①]（节选）

［唐］李　白

小时不识月，呼作[②]白玉盘。
又疑瑶台[③]镜，飞在青云端。
仙人垂两足，桂树何团团[④]。
白兔捣药成，问言与谁餐[⑤]？

注释

① 古朗月行：这是一首乐府诗。朗月行，是乐府古题，属《杂曲歌辞》。
② 呼作：称为。
③ 瑶台：传说中神仙居住的地方。
④ 团团：圆圆的形状。
⑤ 与谁餐：给谁吃。

飛流直下三千尺疑是銀河落九天

望庐山[1]瀑布

［唐］李　白

日照香炉[2]生紫烟，

遥看瀑布挂前川[3]。

飞流直下三千尺[4]，

疑是银河落九天[5]。

注释

① 庐山：在江西九江市南面，是我国著名的风景区。

② 香炉：即香炉峰，在庐山西北，因形似香炉且山上经常笼罩着云烟而得名。

③ 挂前川：从悬崖直挂到前面的河流上。

④ 三千尺：形容山很高。这里是夸张的说法，不是实指。

⑤ 九天：古代传说天有九重，九天是天的最高层。这里指极高的天空。

桃花潭水深千尺
不及汪伦送我情

赠汪伦[1]

［唐］李　白

李白乘舟将欲[2]行，
忽闻岸上踏歌[3]声。
桃花潭[4]水深千尺，
不及[5]汪伦送我情！

注释

① 汪伦：李白的朋友。
② 欲：将要，快要。
③ 踏歌：民间的一种唱歌形式，一边唱歌，一边用脚踏地打着拍子。
④ 桃花潭：在今安徽泾县西南。
⑤ 不及：不如。

相看两不厌隻有敬亭山

独坐敬亭山[①]

［唐］李　白

众鸟高飞尽[②]，
孤云独去闲[③]。
相看两不厌[④]，
只有敬亭山。

注释

① 敬亭山：在今安徽省宣城市。
② 尽：没有了。
③ 独去闲：云朵独自飘去，悠闲自在。
④ 厌：满足。

烟花三月下揚州
庚寅秋月畫於金陵

黄鹤楼[1]送孟浩然之[2]广陵[3]

［唐］李　白

故人[4]西辞黄鹤楼，

烟花[5]三月下扬州。

孤帆远影碧空尽[6]，

唯见长江天际流。

注释

① 黄鹤楼：故址在今湖北武汉市武昌蛇山的黄鹄矶上，传说有神仙在此乘黄鹤而去，故称黄鹤楼。

② 之：往。

③ 广陵：即扬州。

④ 故人：朋友。这里指孟浩然。

⑤ 烟花：指艳丽的春景。

⑥ 尽：尽头。

早發白帝城

早发白帝城[①]

［唐］李　白

朝辞白帝彩云间，
千里江陵[②]一日还[③]。
两岸猿声啼[④]不住，
轻舟已过万重山[⑤]。

注释

① 白帝城：故址在今重庆奉节东白帝山上，处长江上游。东汉初公孙述筑城，其自号白帝，故以“白帝”为名。

② 江陵：今湖北荆州市，处长江中游。

③ 还：归来。

④ 啼：叫。

⑤ 万重山：层层叠叠的山，形容有许多山。

秋浦歌

秋浦[1]歌

［唐］李　白

白发三千丈，
缘[2]愁似个[3]长。
不知明镜里，
何处得秋霜[4]！

注释

① 秋浦：在今安徽池州贵池西，是唐代铜、银的产地之一。
② 缘：因为。
③ 个：此，这。
④ 秋霜：秋天的白霜。这里代指白发。

李白望天门山诗意
庚寅

望天门山[①]

［唐］李　白

天门中断楚江[②]开，
碧水东流至此回[③]。
两岸青山相对出[④]，
孤帆一片日边来。

注释

① 天门山：今安徽当涂县的东梁山与和县的西梁山的合称。两山隔江相对，像天然的门户，故得名。

② 楚江：流经湖北宜昌至安徽芜湖一带的长江。因该地古时属于楚国，所以诗人把流经这里的长江叫作楚江。

③ 回：回旋，回转。

④ 出：突出。

涼州詞

凉州词

［唐］王　翰

葡萄美酒夜光杯①，
欲饮琵琶马上催。
醉卧②沙场③君莫笑，
古来征战几人回。

注释

① 夜光杯：据《海内十洲记》记载，周穆王时，西域曾进献白玉制作的“光明照夜”的“夜光常满杯”。这里借以形容酒杯的晶莹精致。
② 卧：躺。
③ 沙场：战场。

莫愁前路無知己
天下誰人不識君

别董大[1]

［唐］高　适

千里黄云白日曛[2]，
北风吹雁雪纷纷[3]。
莫[4]愁前路无知己，
天下谁人[5]不识君[6]？

注释

① 董大：可能是唐玄宗时代著名的琴客。
② 曛（xūn）：昏暗。
③ 纷纷：众多的样子。这里指大雪纷飞。
④ 莫：不要。
⑤ 谁人：哪个人。
⑥ 君：这里指董大。

逢雪宿芙蓉山主人
景国画

逢雪宿芙蓉山[①]主人

［唐］刘长卿

日暮[②]苍山[③]远，
天寒白屋[④]贫。
柴门[⑤]闻犬吠[⑥]，
风雪夜归人。

注释

① 芙蓉山：地名。
② 日暮：傍晚的时候。
③ 苍山：青黑色的山。
④ 白屋：贫穷人家居住的简陋屋子。
⑤ 柴门：用树枝编扎的门，言其简陋。
⑥ 犬吠：狗叫。

两个黄鹂
鸣翠柳
一行白鹭
上青天
庚寅夏画

绝　句

［唐］杜　甫

两个黄鹂鸣翠柳，
一行白鹭上青天。
窗含①西岭②千秋雪③，
门泊④东吴⑤万里船⑥。

注释

① 含：容纳，包含。
② 西岭：指西岭雪山。
③ 千秋雪：终年不化的积雪。
④ 泊：停船靠岸。
⑤ 东吴：今江苏、浙江两省东部地区，古代属于吴国。
⑥ 万里船：不远万里开来的船只。

杜甫春夜喜雨诗意
庚寅秋月画

春夜喜雨

［唐］杜　甫

好雨知时节，当①春乃②发生③。

随风潜④入夜，润物细无声。

野径⑤云俱黑，江船火独明。

晓看红湿处⑥，花重⑦锦官城⑧。

注释

① 当：正当，正值。

② 乃：于是，就。

③ 发生：使植物萌发、生长。

④ 潜：悄悄地。

⑤ 野径：田野间的小路。

⑥ 红湿处：被雨水打湿的花丛。

⑦ 花重：花因为饱含雨水而显得沉重。

⑧ 锦官城：指成都。成都曾经是主持织锦的官员的官署所在地，所以叫“锦官城”。

绝句

绝 句

［唐］杜　甫

迟日①江山丽，
春风花草香。
泥融②飞燕子，
沙暖睡鸳鸯③。

注释

① 迟日：春日。《诗经》里有“春日迟迟”的诗句。

② 泥融：这里指泥土变湿。

③ 鸳鸯：一种水鸟，雌雄多成对地生活在水边。

江南逢李龟年

江南逢李龟年[①]

［唐］杜　甫

岐王[②]宅里寻常[③]见，
崔九[④]堂前几度闻。
正是江南[⑤]好风景，
落花时节[⑥]又逢君。

注释

① 李龟年：唐玄宗时著名的乐师，擅长唱歌。
② 岐王：唐玄宗李隆基的弟弟李范。
③ 寻常：经常。
④ 崔九：唐玄宗的宠臣崔涤，在兄弟中排行第九。崔是当时大姓。
⑤ 江南：这里指今湖南一带。
⑥ 落花时节：暮春，通常指农历三月。

江畔[1]独步[2]寻花

[唐]杜　甫

黄师[3]塔前江水东，
春光懒困倚微风。
桃花一簇[4]开无主[5]，
可爱深红爱浅红？

注释

① 江畔：江边。
② 独步：独自散步。
③ 黄师：一和尚名。
④ 一簇：一丛。
⑤ 无主：没有主人。

枫桥夜泊

枫桥[1]夜泊[2]

［唐］张　继

月落乌啼霜满天，
江枫渔火对愁眠[3]。
姑苏[4]城外寒山寺[5]，
夜半钟声[6]到客船。

注释

① 枫桥：苏州西郊的一座桥。

② 夜泊：夜间把船停在岸边。

③ 愁眠：怀着旅愁，难以入睡。

④ 姑苏：苏州的别称。

⑤ 寒山寺：苏州枫桥附近的一座古寺，相传因唐代名僧寒山曾住于此而得名。

⑥ 夜半钟声：寺院里深夜的钟声。

小儿垂钓

小儿垂钓

［唐］胡令能

蓬头稚子①学垂纶②，
侧坐③莓苔④草映身。
路人借问遥招手，
怕得鱼惊不应⑤人。

注释

① 蓬头稚子：头发乱蓬蓬的小孩。
② 垂纶：钓鱼。纶，钓鱼用的丝线。
③ 侧坐：随意坐下。
④ 莓苔：泛指贴着地面生长在阴湿地方的植物。
⑤ 应：回应，答应，理睬。

塞下曲

塞下曲[1]

［唐］卢　纶

月黑雁飞高，
单于[2]夜遁[3]逃。
欲将[4]轻骑[5]逐，
大雪满弓刀。

注释

① 塞下曲：古时边塞的一种军歌。
② 单于：匈奴的首领。这里泛指侵扰唐朝的游牧民族首领。
③ 遁：逃走。
④ 将：率领。
⑤ 轻骑：轻装快速的骑兵。

遊子吟
慈母手中线遊子身上衣临行密密
缝意恐迟迟歸

游子[①]吟

[唐]孟　郊

慈母手中线，游子身上衣。
临[②]行密密缝，意恐[③]迟迟归。
谁言寸草[④]心，报得三春晖[⑤]！

注释

① 游子：在外远游的人。

② 临：将要。

③ 恐：担心。

④ 寸草：小草。这里比喻子女。

⑤ 三春晖：春天的阳光。这里比喻父母的恩情。

乌衣巷

乌衣巷[1]

［唐］刘禹锡

朱雀桥[2]边野草花，
乌衣巷口夕阳斜。
旧时[3]王谢[4]堂前燕，
飞入寻常百姓家。

注释

① 乌衣巷：地处今南京秦淮河南。
② 朱雀桥：横跨南京秦淮河上，可通往乌衣巷。
③ 旧时：指晋代。
④ 王谢：指王导、谢安，皆为东晋时期世家大族。

遥望洞庭山水翠白银盘
裏一青螺 庚寅夏画

望洞庭[①]

［唐］刘禹锡

湖光秋月两相和[②]，
潭[③]面无风镜未磨。
遥望洞庭山水翠[④]，
白银盘里一青螺[⑤]。

注释

① 洞庭：即洞庭湖，位于今湖南北部。
② 和：协调。这里指水天一色。
③ 潭：指洞庭湖。
④ 翠：绿色。
⑤ 青螺：青绿色的螺。这里用来形容洞庭湖中的君山。

浪淘沙

浪淘沙[①]

［唐］刘禹锡

九曲[②]黄河万里沙，

浪淘[③]风簸[④]自天涯。

如今直上银河去，

同到牵牛织女家。

注释

① 浪淘沙：唐代曲名。

② 九曲：自古相传黄河有九道弯，形容弯弯曲曲的地方很多。

③ 浪淘：波浪淘洗。

④ 簸：颠簸。

離離原上草
一歲一枯榮
庚寅秋畫

赋得[1]古原草送别

［唐］白居易

离离[2]原[3]上草，一岁一枯荣[4]。
野火烧不尽，春风吹又生。
远芳侵古道，晴翠接荒城。
又送王孙去，萋萋[5]满别情。

注释

① 赋得：此诗是应考的习作，按科场考试规矩，凡指定、限定的诗题，题目前须加“赋得”二字。

② 离离：繁茂的样子。

③ 原：原野。

④ 荣：繁盛。

⑤ 萋萋：草木茂盛的样子。

池上

池　上

［唐］白居易

小娃撑小艇[1]，
偷采白莲回。
不解[2]藏踪迹[3]，
浮萍[4]一道开。

注释

① 艇：轻便的船。
② 解：懂得。
③ 踪迹：这里指被小船划开的浮萍。
④ 浮萍：池塘里的水草。

春種一粒
粟秋收
萬顆子
庚寅年
畫於金陵

悯[1]农（一）

［唐］李　绅

春种一粒粟[2]，
秋收万颗子[3]。
四海[4]无闲田，
农夫犹[5]饿死。

注释

① 悯：同情，怜悯。
② 粟：谷子，去皮后叫小米。这里泛指谷类。
③ 子：指粮食颗粒。
④ 四海：全国之内。
⑤ 犹：还是。

憫農
景國画

悯农（二）

［唐］李　绅

锄[1]禾[2]日当午，

汗滴禾下土。

谁知盘中餐，

粒粒皆[3]辛苦。

注释

① 锄：用锄头除草。

② 禾：这里是谷类植物的统称。

③ 皆：都，全。

孤舟蓑笠翁獨釣寒江雪

江 雪

［唐］柳宗元

千山鸟飞绝①，
万径②人踪③灭。
孤舟蓑笠④翁，
独⑤钓寒江雪。

注释

① 绝：消失，没有。
② 径：小路。
③ 踪：指脚印。
④ 蓑笠：蓑衣和斗笠。
⑤ 独：独自。

松下問童子言師采藥
去只在此山中雲深不知處

寻[1]隐者[2]不遇

［唐］贾　岛

松下问童子[3]，
言[4]师采药去。
只在此山中，
云深不知处[5]。

注释

① 寻：寻访。
② 隐者：隐居在山林中的人。
③ 童子：小孩。这里指隐者的弟子。
④ 言：回答，说。
⑤ 处：行踪，所在。

山行

山　行①

［唐］杜　牧

远上寒山②石径斜，
白云生③处有人家。
停车坐④爱枫林晚，
霜叶⑤红于二月花。

注释

① 山行：在山中行走。
② 寒山：深秋时节的山。
③ 生：产生，生出。
④ 坐：因为。
⑤ 霜叶：被霜打过的枫叶。

借问酒家何处有
牧童遥指杏花村

清　明①

［唐］杜　牧

清明时节雨纷纷，
路上行人欲断魂②。
借问③酒家何处有？
牧童遥指杏花村④。

注释

① 清明：我国传统节日，有踏青、扫墓等习俗。
② 断魂：形容凄迷哀伤的心情。
③ 借问：向人打听。
④ 杏花村：杏花深处的村庄。

江南春

江南春

［唐］杜　牧

千里莺啼①绿映红，
水村山郭②酒旗③风。
南朝④四百八十寺⑤，
多少楼台烟雨中。

注释

① 啼：叫。

② 山郭：山城，山村。

③ 酒旗：酒馆外悬挂的旗子之类的标识。

④ 南朝：先后建都于建康（今江苏南京）的宋、齐、梁、陈四个朝代的总称。当时建有许多佛教寺院。

⑤ 四百八十寺："四百八十"是虚指，形容寺院很多。

秋夕

秋　夕①

［唐］杜　牧

银烛②秋光冷画屏，
轻罗小扇扑流萤③。
天阶④夜色凉如水，
坐看⑤牵牛织女星。

注释

① 秋夕：秋天的晚上。
② 银烛：白色的蜡烛。
③ 流萤：飞动的萤火虫。
④ 天阶：皇宫中的石阶。
⑤ 坐看：一作“卧看”。

夕陽無限好只是近
黄昏
庚寅秋月畫

乐游原[1]

［唐］李商隐

向晚[2]意不适[3]，

驱车登古原[4]。

夕阳无限好，

只是近黄昏。

注释

① 乐游原：本为汉宣帝所立的乐游庙。地处长安东南，登高可眺望全城。

② 向晚：傍晚。

③ 不适：不愉快。

④ 古原：指乐游原。

採得百花
成蜜後
為誰辛苦
為誰甜

蜂

［唐］罗　隐

不论平地与山尖①，

无限风光②尽③被占。

采得百花成蜜后，

为④谁辛苦为谁甜？

注释

① 山尖：山峰。

② 风光：盛开的鲜花。

③ 尽：全，都。

④ 为：替。

江上往来人但愛鱸魚美
君看一葉舟出沒風波裏

江上渔者①

［宋］范仲淹

江上往来人，
但②爱③鲈鱼④美。
君⑤看一叶舟⑥，
出没⑦风波里。

注释

① 渔者：捕鱼的人。
② 但：单单，只是。
③ 爱：喜欢。
④ 鲈鱼：一种味道鲜美的鱼。
⑤ 君：你。
⑥ 一叶舟：像漂浮在水上的一片树叶似的小船。
⑦ 出没：忽隐忽现。

爆竹聲中一歲除
庚寅年秋畫

元 日[1]

［宋］王安石

爆竹声中一岁除，
春风送暖入屠苏[2]。
千门万户曈曈[3]日，
总把新桃换旧符[4]。

注释

① 元日：农历正月初一。
② 屠苏：屠苏酒。古时候，每年正月初一，全家都要喝屠苏酒，可以辟瘟疫。
③ 曈曈：形容太阳出来后天色渐亮的样子。
④ 新桃换旧符：用新桃符换下旧桃符。桃符是古代新年时悬挂在大门上的辟邪门饰，春联的前身。

梅花

梅　花

［宋］王安石

墙角数枝梅，
凌寒①独自开。
遥②知不是雪，
为③有暗香④来。

注释

① 凌寒：冒着严寒。

② 遥：远远地。

③ 为：因为。

④ 暗香：指梅花的幽香。

春風又綠江南岸
明月何時照我還

泊船瓜洲[1]

［宋］王安石

京口[2]瓜洲一水间，
钟山[3]只隔数重[4]山。
春风又绿江南岸，
明月何时照我还。

注释

① 瓜洲：在今江苏扬州一带，位于长江北岸。
② 京口：在今江苏镇江，位于长江南岸。
③ 钟山：今江苏南京紫金山。
④ 数重：几座。

一水護田將
綠繞兩山排
闥送青來
庚寅秋畫

书[1]湖阴先生[2]壁

［宋］王安石

茅檐[3]长扫静无苔，
花木成畦[4]手自栽。
一水护田将绿绕，
两山排闼[5]送青来。

注释

① 书：书写，题诗。

② 湖阴先生：杨骥，字德逢，是王安石晚年退居金陵（今江苏南京）时的邻居。

③ 茅檐：茅屋檐下。这里指庭院。

④ 畦：这里指种有花木的一块块排列整齐的土地，周围有土埂围着。

⑤ 排闼：推开门。闼，小门。

六月二十七日望湖樓醉書

六月二十七日望湖楼[1]醉书

［宋］苏　轼

黑云翻墨[2]未遮[3]山，
白雨跳珠[4]乱入船。
卷地风来[5]忽吹散，
望湖楼下水如天。

注释

① 望湖楼：在今浙江杭州西湖边。
② 翻墨：打翻的黑墨水，形容云层很黑。
③ 遮：遮盖，掩盖。
④ 跳珠：雨点像珍珠一样跳动，形容雨大势急。
⑤ 卷地风来：风从地面卷起。

欲把西湖比西子淡妆
濃抹總相宜

饮湖上初晴后雨

［宋］苏　轼

水光潋滟[1]晴方[2]好，
山色空蒙[3]雨亦奇[4]。
欲把西湖比西子[5]，
淡妆浓抹总相宜[6]。

注释

① 潋滟：波光闪动的样子。
② 方：正。
③ 空蒙：迷茫缥缈的样子。
④ 奇：奇妙。
⑤ 西子：即西施，春秋时代越国的美女。
⑥ 相宜：适宜，合适。

竹外桃花三两枝春江水暖
鸭先知
庚寅秋画

惠崇[1]春江晚景

[宋]苏　轼

竹外桃花三两枝，
春江水暖鸭先知。
蒌蒿[2]满地芦芽[3]短，
正是河豚[4]欲上时。

注释

① 惠崇：北宋名僧，能诗善画。这首诗是苏轼为惠崇的画作《春江晚景》所写的题画诗。
② 蒌蒿：一种草的名字。
③ 芦芽：芦苇的嫩芽。
④ 河豚：一种肉味鲜美的鱼，有毒性。

不識廬山真
面目只緣身在
此山中
庚寅秋畫

题[1]西林[2]壁

［宋］苏　轼

横看成岭侧成峰，
远近高低各不同。
不识庐山真面目[3]，
只缘[4]身在此山[5]中。

注释

① 题：书写，题写。
② 西林：西林寺，在今庐山脚下。
③ 真面目：指庐山真实的姿态景致。
④ 缘：因为。
⑤ 此山：指庐山。

夏日绝句

夏日绝句

［宋］李清照

生当作人杰①，

死亦为鬼雄②。

至今思项羽③，

不肯过江东④。

注释

① 人杰：人中的豪杰。

② 鬼雄：鬼中的英雄。

③ 项羽：秦末起义军领袖，后来与刘邦争夺天下，失败自杀。

④ 江东：长江在安徽芜湖、江苏南京间为西南、东北流向，古人习惯上称自此以下的长江南岸地区为江东。

王師北定
中原日家
乃翁
庚寅秋月
畫於金陵

示　儿[1]

［宋］陆　游

死去元[2]知万事空，
但悲不见九州同[3]。
王师[4]北定中原[5]日，
家祭[6]无忘告乃翁[7]。

注释

① 示儿：给儿子看。这首诗是陆游临终前写给儿子的。
② 元：同“原”，本来。
③ 九州同：全国统一。九州，古代中国分为九个州，这里代指全国。
④ 王师：指南宋朝廷的军队。
⑤ 中原：指淮河以北沦陷在金人手里的地区。
⑥ 家祭：对祖先的祭祀。
⑦ 乃翁：你们的父亲，指陆游自己。

南望王師
又一年
庚寅秋畫

秋夜将晓[1]出篱门迎凉有感

［宋］陆　游

三万里河[2]东入海，
五千仞岳[3]上摩天[4]。
遗民[5]泪尽胡尘[6]里，
南望王师又一年。

注释

① 将晓：天将要亮。
② 三万里河：指黄河。“三万里”形容很长。
③ 五千仞岳：指华山。“五千仞”形容很高。
④ 摩天：碰到天，形容极高。
⑤ 遗民：指在金统治地区的原宋朝百姓。
⑥ 胡尘：指在金统治地区的风沙，这里借指金政权。

四時田園雜興

四时田园杂兴[1]（其二十五）

［宋］范成大

梅子金黄杏子肥，
麦花雪白菜花稀。
日长篱落[2]无人过，
惟有蜻蜓蛱蝶[3]飞。

注释

① 杂兴：随兴而写的诗。

② 篱落：篱笆。

③ 蛱蝶：蝴蝶的一种。

童孫未解供耕織也傍桑陰
學種瓜
庚寅畫於金陵

四时田园杂兴（其三十一）

［宋］范成大

昼出耘田①夜绩麻②，
村庄儿女各当家。
童孙未解③供④耕织，
也傍⑤桑阴学种瓜。

注释

① 耘田：在田间除草。
② 绩麻：把麻搓成线。
③ 未解：不懂，不理解。
④ 供：从事。
⑤ 傍：靠近。

小荷才露尖尖角早
有蜻蜓立上头
庚寅秋月画于金陵

小 池

［宋］杨万里

泉眼无声惜细流，
树阴照水①爱晴柔②。
小荷③才露尖尖角④，
早有蜻蜓立上头。

注释

① 照水：映在水里。

② 晴柔：晴天里柔和的风光。

③ 小荷：指刚刚长出水面的嫩荷叶。

④ 尖尖角：还没有舒展的荷叶尖端。

映日荷花別
樣紅
庚寅畫

晓出净慈寺①送林子方②

［宋］杨万里

毕竟西湖六月中，
风光不与四时③同。
接天④莲叶无穷碧，
映日荷花别样红。

注释

① 净慈寺：寺名，与灵隐寺同为杭州西湖南北山两大著名佛寺。

② 林子方：作者的朋友，官居直阁秘书。

③ 四时：春夏秋冬四季。这里指六月以外的其他时节。

④ 接天：像与天空相接。

春日

春 日

［宋］朱 熹

胜日①寻芳②泗水滨③，
无边光景一时新。
等闲④识得东风面，
万紫千红总是春。

注释

① 胜日：原指节日或亲朋相聚之日。这里指晴日。
② 寻芳：游赏美景。
③ 滨：水边。
④ 等闲：寻常，随便。

暖风熏得
游人醉直
把杭州作
汴州
庚寅画

题临安[1]邸[2]

［宋］林　升

山外青山楼外楼，
西湖歌舞几时休？
暖风熏[3]得游人[4]醉，
直把杭州作汴州[5]。

注释

① 临安：南宋都城，在今浙江杭州。
② 邸：旅店。
③ 熏：吹。
④ 游人：游客。这里特指忘了国难、苟且偷安的南宋统治阶级。
⑤ 汴州：即汴梁（今河南开封），北宋都城。

鄉村四月閑人少才了蠶
桑又插田 庚寅畫

乡村四月

［宋］翁　卷

绿遍山原①白②满川，
子规③声里雨如烟。
乡村四月闲人少，
才了④蚕桑又插田。

注释

① 山原：山间原野。
② 白：白色，指水，形容水光映天。
③ 子规：杜鹃鸟的别称。
④ 了：结束。

遊園不值

游园不值[1]

［宋］叶绍翁

应[2]怜[3]屐齿[4]印苍苔，

小扣[5]柴扉[6]久不开。

春色满园关不住，

一枝红杏出墙来。

注释

① 不值：没有遇到人。值，遇到。

② 应：大概，表示猜测。

③ 怜：怜惜。

④ 屐齿：木屐底下突出的部分。

⑤ 小扣：轻轻地敲。

⑥ 柴扉：用木柴、树枝编成的门。

不要人夸好顏色只留清氣滿乾坤

墨 梅[1]

［元］王 冕

我家洗砚池[2]头树，
朵朵花开淡墨痕。
不要人夸好颜色，
只留清气满乾坤[3]。

注释

① 墨梅：水墨画的梅花。
② 洗砚池：洗笔砚的池子。王羲之有“临池学书，池水尽黑”的传说。此处化用该典故，意思是作者自己也像王羲之那样勤奋。
③ 乾坤：天地间。

石灰吟

石灰吟

［明］于 谦

千锤万凿出深山，
烈火焚烧若等闲①。
粉身碎骨浑②不怕，
要留清白③在人间。

注释

① 若等闲：好像很平常。
② 浑：全，全然。
③ 清白：指高尚的节操。

咬定青山不放松立
根原在破巖中
庚寅秋月畫

竹 石

[清] 郑 燮

咬定[1]青山不放松，
立根原在破岩中。
千磨万击还坚劲[2]，
任[3]尔[4]东西南北风。

注释

① 咬定：比喻根扎得结实，像咬着不松口一样。
② 坚劲：坚定强劲。
③ 任：任凭。
④ 尔：你。

所見

所　见

［清］袁　枚

牧童骑黄牛，
歌声振①林樾②。
意欲③捕鸣蝉④，
忽然闭口立。

注释

① 振：振荡，回荡。

② 林樾：指道旁成荫的树林。

③ 意欲：想要。

④ 鸣蝉：鸣叫的知了。

我劝天公重抖擞不拘一格
降人材
庚寅秋月画

己亥杂诗[1]

［清］龚自珍

九州生气[2]恃[3]风雷，
万马齐喑[4]究可哀。
我劝天公重抖擞[5]，
不拘一格降[6]人材。

注释

① 己亥杂诗：《己亥杂诗》是龚自珍在己亥年（1839）写的一组诗，共315首。这是其中一首。
② 生气：活力，生命力。这里指朝气蓬勃的局面。
③ 恃：依靠。
④ 万马齐喑：所有的马都沉寂无声。比喻人们沉默不语，不敢发表意见。喑，沉默。
⑤ 抖擞：振作精神。
⑥ 降：降生，降临。

儿童散学歸来早
忙趁东風放紙鸢

村 居[1]

［清］高 鼎

草长莺飞二月天，
拂堤杨柳醉春烟[2]。
儿童散学[3]归来早，
忙趁东风放纸鸢[4]。

注释

① 村居：住在乡村。
② 春烟：春天里水泽、草木间蒸发的雾气。
③ 散学：放学。
④ 纸鸢：风筝。

图书在版编目（CIP）数据

古诗之美 / 范路明主编；卞媛，黄岑绘. — 南京：江苏凤凰科学技术出版社，2023.1
（诗书如画）
ISBN 978-7-5713-3019-4

Ⅰ. ①古… Ⅱ. ①范… ②卞… ③黄… Ⅲ. ①古典诗歌—诗歌欣赏—中国—少儿读物 Ⅳ. ①I207.2-49

中国版本图书馆CIP数据核字(2022)第117601号

诗书如画
古诗之美

主　　编	范路明
绘　　者	卞　媛　黄　岑
总 策 划	左晓红
责任编辑	唐　仪　傅　昕　刘文芳
助理编辑	高荣嵘
营销编辑	王梦青
音频录制	闫　学　陆智强
责任校对	仲　敏
责任监制	刘文洋
出版发行	江苏凤凰科学技术出版社
出版社地址	南京市湖南路1号A楼，邮编：210009
出版社网址	http://www.pspress.cn
编读信箱	skqsfs@163.com
印　　刷	南京新世纪联盟印务有限公司
开　　本	889 mm × 1 194 mm　1/16
印　　张	10
字　　数	100 000
版　　次	2023年1月第1版
印　　次	2023年1月第1次印刷
标准书号	ISBN 978-7-5713-3019-4
定　　价	39.80元